THE DOT & THE LINE
a romance in lower mathematics

기초수학에 담긴 사랑 이야기

점과 선

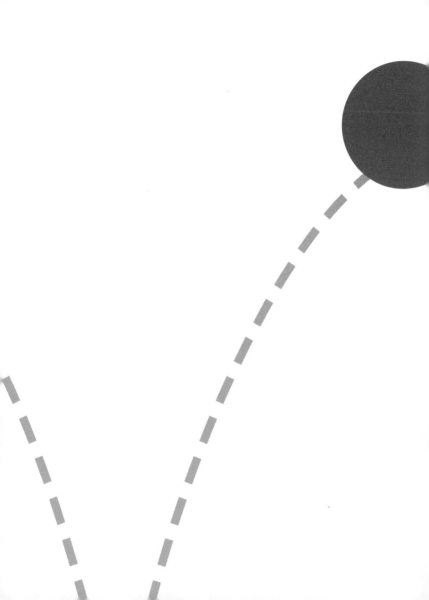

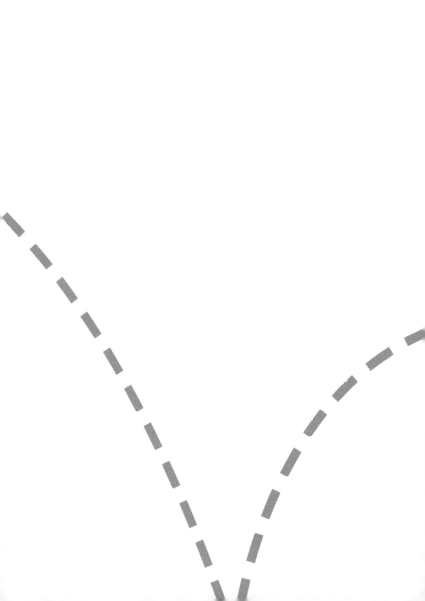

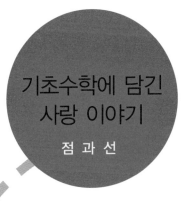

기초수학에 담긴 사랑 이야기

점 과 선

THE DOT & THE LINE
a romance in lower mathematics

노튼 저스터 지음

누가 뭐래도, 유클리드를 위해.
For Euclid, no matter what they say.

아주 먼 옛날에 생각이 바른 직선이 살았습니다.
이 선에게는 짝사랑하는 상대가 있었습니다.

Once upon a time there was a
sensible straight line who was
hopelessly in love

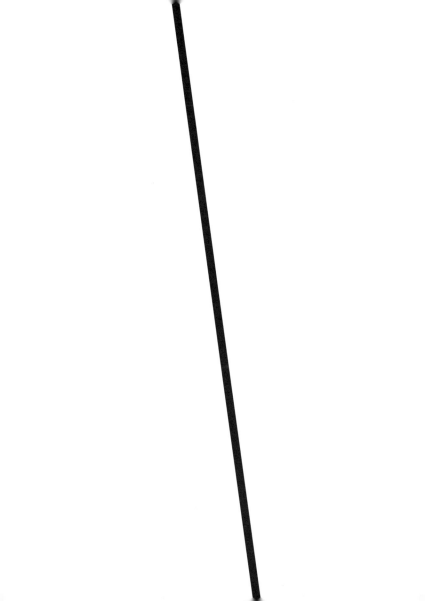

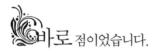바로 점이었습니다.

"넌 시작이자 끝이고, 세계의 중심이며, 모든 것의 핵심이자 본질이○

선은 상냥한 목소리로 점에게 말했습니다.

하지만 경박한 점은 시큰둥한 반응을 보였습니다.

with a dot.
"You're the beginning and
the end, the hub, the core and
the quintessence," he told her
tenderly, but the frivolous dot
wasn't a bit interested,

그도 그럴 것이 점의 눈에는 오로지 제멋대로 뒤엉켜 있는 구불이만

보였던 것입니다. 구불이는 세상에 고민이라곤 전혀 없는 천하태평이

었습니다.

for she only had eyes for a
and unkempt squiggle who n
seemed to have anything on
mind at all.

점과 구불이는 어디를 가든 꼭 붙어 다녔습니다. 함께 노래하고 춤추고 떠들고 웃고 또 웃으며 인생을 즐겼지요.

"그이는 성격이 참 밝고 자유분방해. 무슨 일에든 거리낌이 없고 기쁨이 넘치지."

점은 쌀쌀맞은 목소리로 선에게 일러주었습니다.

They were everywhere together, singing and dancing and frolicking and laughing and laughing and lord knows what else.
"He is so gay and free, so uninhibited and full of joy," she informed the line coolly,

"그런데 넌 막대기처럼 뻣뻣하고, 심심하잖아.
너무 뻔해서 재미없고 답답해 보인다고.
게다가 늘 남의 눈치를 보고 마음대로 움직이지도 못하지.
착 가라앉아서는 질식할 것처럼 숨을 참고 있고,
주눅이 든 표정으로 찍소리도 못하고 가만히 있잖아."

"그래, 맞아. 이렇게 하나하나 일러줄 때 잘 새겨들으렴."
구불이가 귀에 거슬리는 웃음소리를 내면서 한마디 더 보탰습니다.
그리고 점의 뒤를 쫓아 긴 수풀 사이로 뛰어갔습니다.

"and you are as stiff as a stick. Dull. Conventional and represse
Tied and trammeled. Subdued, smothered and stifled. Squashed
squelched and quenched."

"Come around when you get straightened out, kid," the squigg
added with a rasping chuckle, as he chased her into the high g

"Why take chances," replied the line without much conviction.
dependable. I know where I'm going. I've got dignity!"

"내가 뭐 어때서?"

선이 조금 자신감 없는 목소리로 대꾸했습니다.

"난 다른 이에게 신뢰를 줘. 내가 어딜 향해 가는지도

알고 있고. 무엇보다 난 품위가 있어!"

하지만 이는 가엾은 선의 초라한 변명에 지나지 않았습니다.

하루 또 하루

시간이 갈 수록

선은

점점 더

시무룩해졌습니다.

급기야는

통 먹지를 못하거나

잠을 설쳤고

But this was small consolation
for the miserable line.
Each day
he grew
more
and
more
morose.
He stopped
eating
or sleeping

얼마 지나지 않아 극도의 불안감에 시달리게 되었습니다.

and before long was completely
on edge.

하루가 다르게 야위어가는 선을 염려스
런 눈빛으로 바라보던 친구들은 선의 기분을
북돋아주기 위해 무진 애를 썼습니다.

"네가 너무 아까워."
"그 점은 깊이가 없어."

"게다가 점들은 다 똑같이 생겼잖아. 그러지
말고 착한 선 아가씨를 만나서 그만 정착하
는 게 어때?"

His worried friends noticed how terribly thin and drawn he had become and did their best to cheer him up.

"She' s not good enough for you."

"She lacks depth."

"They all look alike anyway. Why don' t you find a nice straight line and settle down?"

하지만 선은 친구들의 말이 하나도 귀에 들어오지 않았습니다.

어느 방향에서 보든, 점은 선의 눈에 완전했거든요.

But he hardly heard a word
they said.
Any way be looked at her she
was perfect.

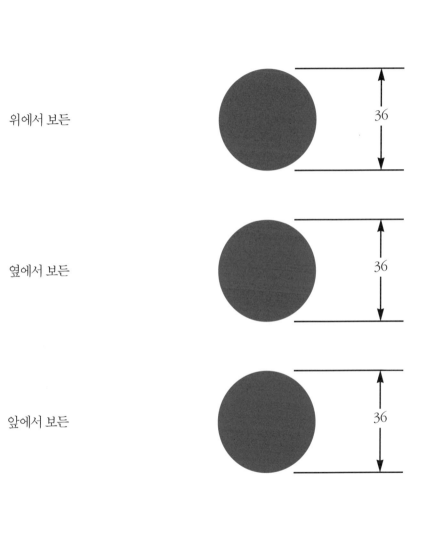

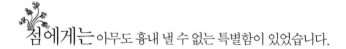 **에게는** 아무도 흉내 낼 수 없는 특별함이 있었습니다.

"점은 정말 아름다워. 선에게는 절대 없는 아름다움이야."
선이 수심에 잠긴 눈빛으로 대답하자, 친구들이 모두 고개를 절레절레 저었습니다. 아무리 사랑에 빠졌다지만 선은 콩깍지가 씌어도 너무 단단히 씌었거든요.

그렇게 선은 온종일 변덕스런 점의 꿈을 꾸며, 점이 반할 만큼 남자다운 자신의 모습을 마음속에 그려보았습니다.

He saw things in her that no one else could possibly imagine.

"She is more beautiful than any straight line I've ever seen,"
he sighed wistfully, and they all shook their heads.
Even allowing for his feelings they felt this was stretching a point.

And so he spent his time dreaming of the inconstant dot and
imagining himself as the forceful figure she was sure to admire–

대담무쌍한 용기로 명성을 얻는 선

THE LINE AS A CELEBRATED
DAREDEVIL

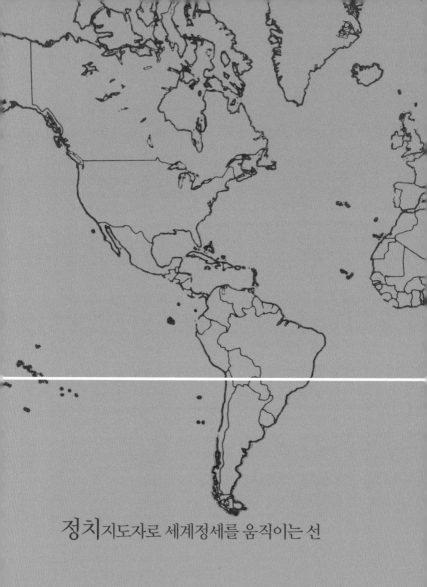

정치 지도자로 세계정세를 움직이는 선

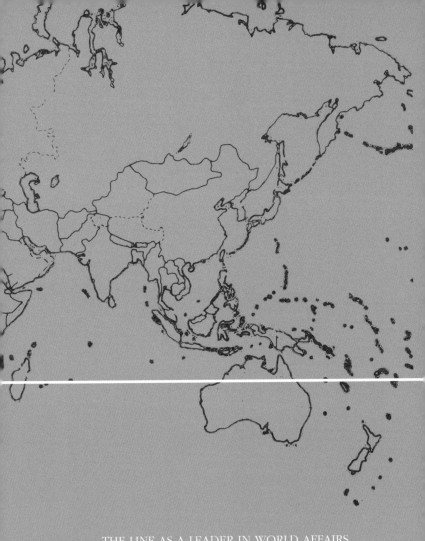

THE LINE AS A LEADER IN WORLD AFFAIRS

법 집행관으로 거침없이 활약하는 선

THE LINE AS A FEARLESS LAW ENFORCEMENT AGENT

예술계의 거장으로 자리매김하는 선

THE LINE AS A POTENT FORCE IN THE WORLD OF ART

세계적인 스포츠 선수로 기량을 뽐내는 선

THE LINE AS AN INTERNATIONAL SPORTSMAN

하지만 얼마 못 가서 자신의 헛된 망상에 싫증을 느꼈지요. 결국 선은 □
불이를 본받아야 하는가 보다고 결론을 지었습니다.

"난 자연스러움이 부족해. 그러니 편안한 마음으로 자유롭게 내 안의 열정을
표현할 필요가 있어."

하지만 그런 다짐도 별 소용은 없었습니다. 아무리 여러 번 시도하고 안간□
을 써도

But he soon grew tired of self-
deception and decided that
perhaps the squiggly line might
have the answer after all.

"I lack spontaneity. I must learn
to let go, to be free, to express
the inner passionate me."
But it just didn't make any
difference, for no matter how
often, or how hard he tried,

늘 제자리걸음이었거든요.

he always ended up the same way.

하지만 선은 매번 실패하면서도 다시 도전하기를 멈추지 않았습니다. 러다가 이만 포기해야겠다고 마음을 접으려는 순간,

마침내 새로운 기술을 터득하게 되었습니다.

엄청난 집중력과 자제력을 발휘하면 어디든 자신이 원하는 방향으로 몸 꺾을 수 있게 된 것이지요.

And yet he continued trying and failing and trying again.
Until when he had all but given up, he discovered at last that with great concentration and self-control he was able to change direction and bend wherever he chose.

So he did, and made an angle.

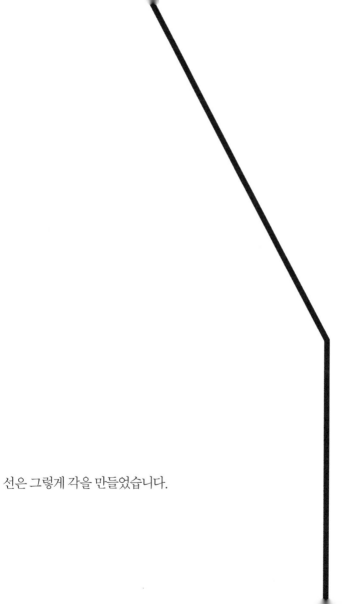

선은 그렇게 각을 만들었습니다.

그리고 거듭 몸을 꺾어 각을 또 하나 만들고

And then again
and made another

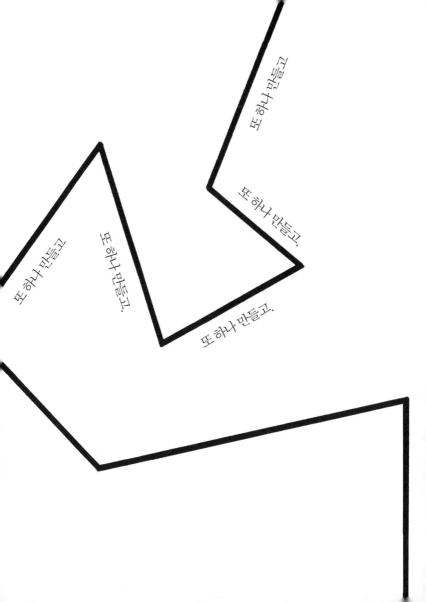

또 하나 만들고.

또 하나 만들고.

또 하나 만들고.

또 하나 만들고.

또 하나 만들고.

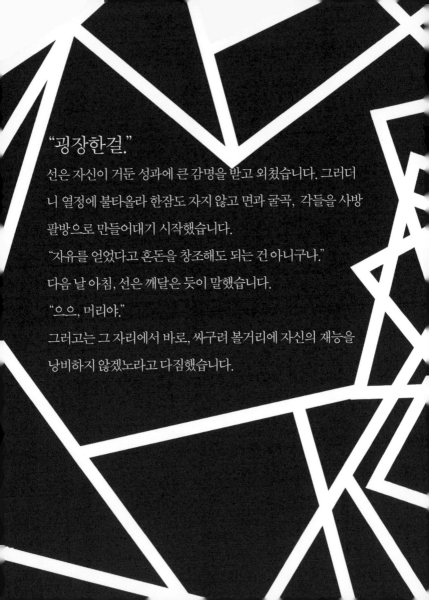

"굉장한걸."

선은 자신이 거둔 성과에 큰 감명을 받고 외쳤습니다. 그러더니 열정에 불타올라 한잠도 자지 않고 면과 굴곡, 각들을 사방팔방으로 만들어대기 시작했습니다.

"자유를 얻었다고 혼돈을 창조해도 되는 건 아니구나."

다음 날 아침, 선은 깨달은 듯이 말했습니다.

"으으, 머리야."

그러고는 그 자리에서 바로, 싸구려 볼거리에 자신의 재능을 낭비하지 않겠노라고 다짐했습니다.

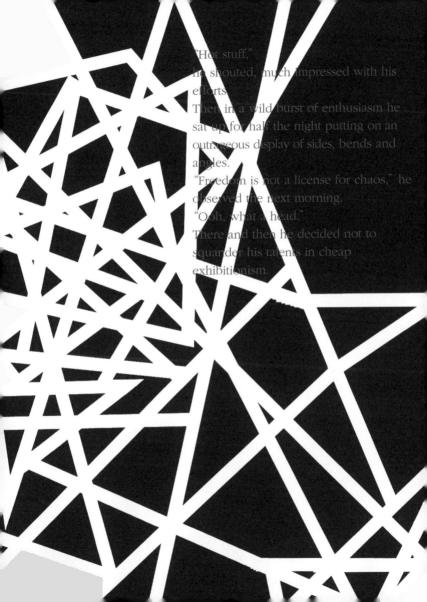

"Hot stuff,"
he shouted, much impressed with his
efforts.
Then in a wild burst of enthusiasm he
sat up for half the night putting on an
outrageous display of sides, bends and
angles.
"Freedom is not a license for chaos," he
observed the next morning.
"Ooh, what a head."
There and then he decided not to
squander his talents in cheap
exhibitionism.

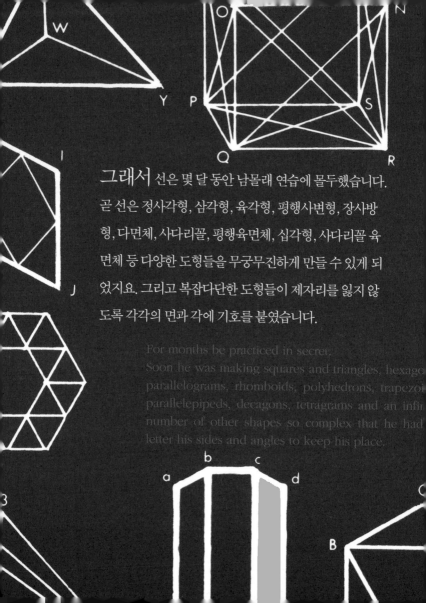

그래서 선은 몇 달 동안 남몰래 연습에 몰두했습니다. 곧 선은 정사각형, 삼각형, 육각형, 평행사변형, 장사방형, 다면체, 사다리꼴, 평행육면체, 십각형, 사다리꼴 육면체 등 다양한 도형들을 무궁무진하게 만들 수 있게 되었지요. 그리고 복잡다단한 도형들이 제자리를 잃지 않도록 각각의 면과 각에 기호를 붙였습니다.

For months he practiced in secret.
Soon he was making squares and triangles, hexago
parallelograms, rhomboids, polyhedrons, trapezoi
parallelepipeds, decagons, tetragrams and an infi
number of other shapes so complex that he had
letter his sides and angles to keep his place.

머지않아, 선은 타원과 원, 곡선을 섬세하게 조절하여 자신을 자유자재로
표현하는 법도 익혔습니다. "말만 하서. 내가 변신해줄 테니."

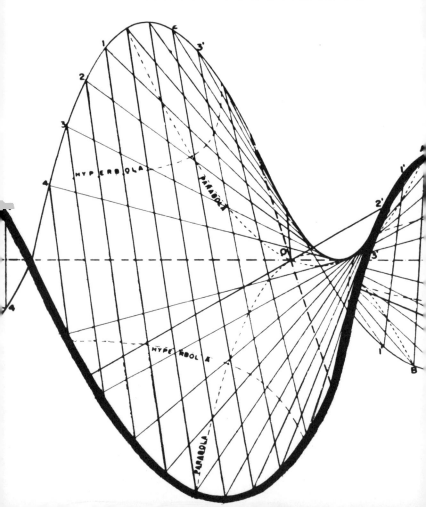

Before long he had learned to carefully control ellipses, circles and complex curves and to express himself in any shape he wished—
"You name it, I' ll play it."

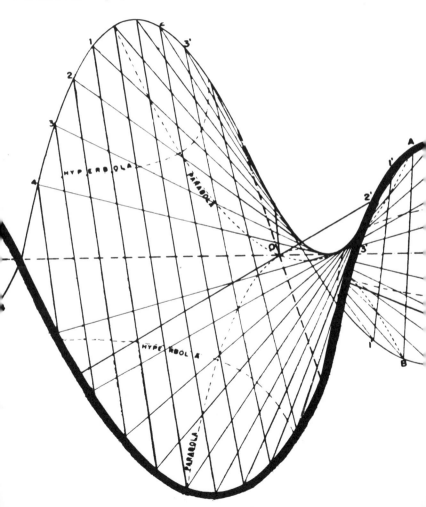

하지만 그 모든 성공도 자기 혼자만 알아서는 별 의미가 없었습니다.
그래서 선은 다시 점을 찾아 떠났습니다.

"저 친구는 전혀 가망이 없어."
구불이가 꿀렁이는 목소리로 투덜거렸습니다.

하지만 새로운 자신감에 차서 옛사랑에 불타오르는 선에게는 거부할 수
없는 매력이 있었습니다.
그날 저녁 내내, 선은 점 앞에서 차례차례 자신의 매력을 선보였습니다.

But all his successes meant nothing to him
alone and so off he went to seek the dot
once again.
"He doesn' t stand an chance,"
muttered the squiggle in a voice that
sounded like bad plumbing.
But the line, who was bursting with old love
and new confidence, was not to be denied.
Throughout the evening he was by turns–

신비롭게

MYSTERIOUS

기발하게

CLEVER

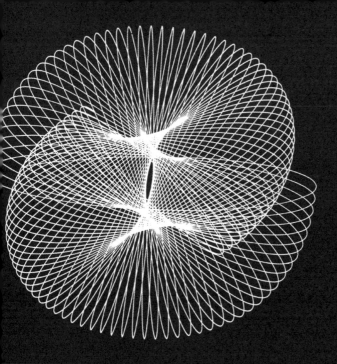

현란하게

DAZZLING

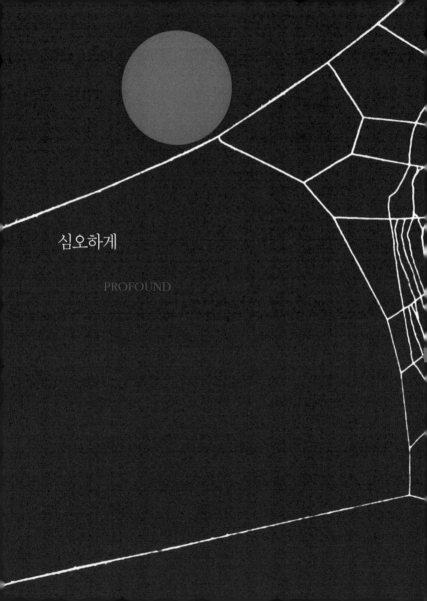

심오하게

PROFOUND

정교하게

COMPLEX

지적이게

FR

유려하게

ELOQUENT

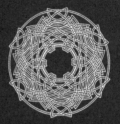
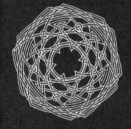

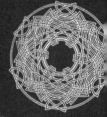

능란하게

VERSATILE

불가사의하게

ENIGMATIC

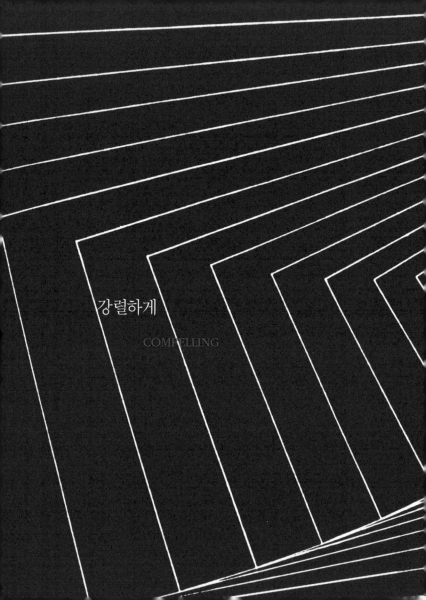

강렬하게

COMPELLING

점은 선에게 완전히 매료되었습니다.

여학생처럼 깔깔거리며 손을 어째야 할지 몰랐지요.

그러더니 갑자기 몸을 부르르 떠는 구불이를 천천히 돌아보았습니다.

"자!"
점이 뭐든 보여달라는 듯이 말했습니다.

화들짝 놀란 구불이는 점을 감동시키려고 안간힘을 썼습니다.

The dot was overwhelmed.
She giggled like a schoolgirl and didn't
know what to do with her hands.
Then she turned slowly to the squiggle,
who had suddenly developed a severe
cramp.

"Well?" she inquired, trying to give him
every chance.

The squiggle, taken by surprise, did the
best he could.

"그게 다야?"

점이 따져 물었습니다.

"그런가 봐."

구불이는 비참하게 대답했습니다.

"그러니까, 이게 다라고. 내 말은, 일이 어떻게 돌아가는지 전혀 모르겠

다는 뜻이야. 아, 맞다. 혹시 그 얘기 들었어……?"

점은 자신의 안목이 의심스러웠습니다.

지금 보니, 구불이는 아주 거칠고 조잡했으며

어수선하고 볼품이 없었거든요.

게다가 자신의 이름도 제대로 발음하지 못할 뿐만 아니라

아무렇게나 귓구멍을 후볐습니다.

"Is that all?" she demanded.

"I guess so," replied the miserable squiggle.
"That is, I suppose so. What I mean is
I never know how it's going to turn out. Hey, have you
heard the one about the two guys who–"

The dot wondered why she had never noticed how hairy
and coarse he was, and how untidy and graceless, and how
he mispronounced his L's and picked his ear.

그 순간, 점은 자신이 자유와 즐거움이라고 생각했던 것이 실은 무질서와 태만에 지나지 않았다는 사실을 깨달았습니다.

"넌 빛 좋은 개살구처럼 아무 의미도 없어."
점이 냉랭한 목소리로 말했습니다.
"버릇이 없고 너저분하고 괴상해. 게다가 보잘것없고 애매모호하고 경솔하지. 일정한 모양과 질서도 없이 제멋대로 흐트러져 있고, 운도 없어."

And suddenly she realized that what she had thought was freedom and joy was nothing but anarchy and sloth.
"You are as meaningless as a melon," she said coldly. " Undisciplined, unkempt and unaccountable, insignificant, indeterminate and inadvertent, out of shape, out of order, out of place and out of luck."

그러고는 바로 선에게 가서 수줍게 팔짱을 끼었습니다.

"신기한 곡선들로 만든 모양 다시 한 번 보여줄래, 자기야?"

선과 함께 그 자리를 유유히 떠나며, 점이 달콤하게 속삭였습니다.

선은 소원대로 해주었습니다.

머지않아 점과 선은 함께 모양을 만들며,

오래오래 행복하게까지는 아니지만

With that she turned to the line
and shyly took his arm.
"Do the one with all the funny
curves again, honey," she cooed
softly as they strolled away.
And he did.
And soon they did, and lived–
if not happily ever after,

적어도 꽤 행복하게는 살았답니다

at least reasonably so

교훈: 전리품은 승자^{victor}, 즉 벡터^{vector}의 것.

To the vector belong the spoils.

* 역주: 벡터(vector)는 크기와 방향을 동시에 나타내는 물리량으로, 위대한 사랑의 힘으로 자신의 존재적 한계를 극복한 선을 상징한다.

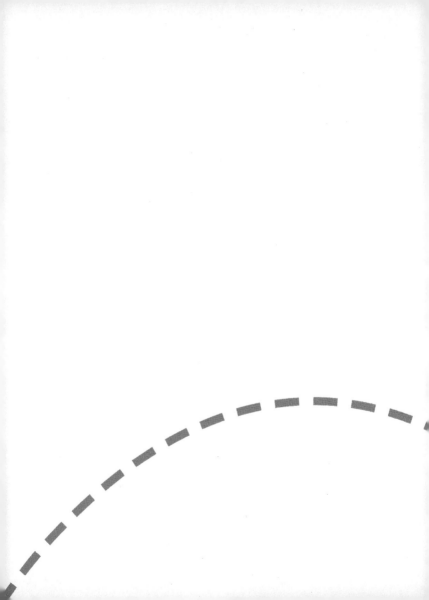

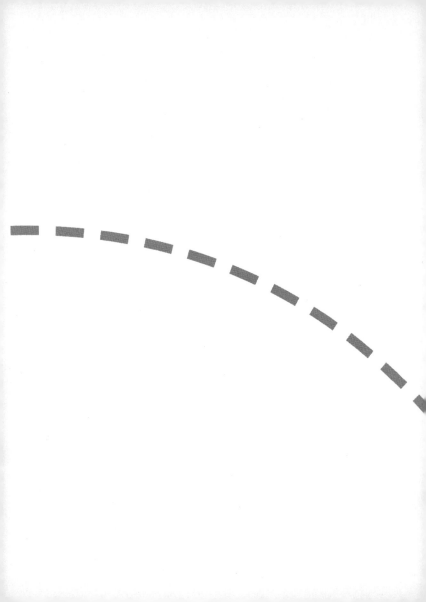

THE DOT & THE LINE
a romance in lower mathematics
기초수학에 담긴 사랑 이야기(점과 선)

초판 1쇄 인쇄 2013년 4월 25일
초판 1쇄 발행 2013년 5월 10일

지은이 | 노튼 저스터
역자 | 김윤경
펴낸이 | 박영철
펴낸곳 | 도서출판 오늘의책
마케팅 | 박철우
외주디자인 | 홍시

주소 | 121-894 서울 마포구 잔다리로7길 12 (서교동)
전화 | 02-322-4595~6 팩스 02-322-4598
이메일 | tobooks@naver.com
블로그 | blog.naver.com/tobooks

등록번호 | 제10-1293호(1996년 5월 25일)

ISBN 978-89-7718-337-7   03840